Der Himmelsbaum

Eine Geschichte gegen die Angst
erzählt von Erich Jooß
mit Bildern von Eva Johanna Rubin

Herder
Freiburg · Basel · Wien

Es regnete in großen Tropfen, und der Wind schüttelte die Bäume. Jakob stand am Fenster. Seine Eltern waren fortgegangen. „Wir sind bald zurück", hatte die Mutter gesagt.

Ungeduldig wartete Jakob. Er preßte das Gesicht gegen die Scheibe. Draußen wurde es dunkel. Die Menschen versteckten sich unter ihren Schirmen. Von oben sahen sie aus wie Pilze, die eilig über die Straße liefen.

Jakob wollte nicht länger allein sein. Er öffnete das Fenster. „Bitte, bleibt stehen", rief er hinunter. „Wer hat Zeit für mich? Wer spielt mit mir?" Aber die Menschen auf der Straße kümmerten sich nicht um ihn. Sie gingen einfach weiter.

„Schade", sagte Jakob. Seine Stimme zitterte ein wenig. Jedesmal wenn er traurig war, kroch er in sein Bett. Auch jetzt. Wie ein Igel rollte er sich zusammen, damit es schneller warm wurde unter der Decke.

Plötzlich hörte Jakob den Wind, der heulend und pfeifend durch das offene Fenster fuhr. Er rüttelte an der Lampe und warf die Bücher vom Regal. „Was ist mit dir?" schrie er. „Komm doch mit!"

8

Da erschrak Jakob. Hastig zog er die Decke über den Kopf. Aber der Wind wirbelte weiter. Er packte das Bett und drehte es und hob es hoch. Dann trug er es fort, in die Nacht hinaus.

Immer höher stieg das Bett. Es knarrte leise, und es schaukelte. ‚Seltsam‘, dachte Jakob. ‚Ich fühle mich ganz leicht‘. Als er hinabschaute, sah er die Stadt. Sie lag tief unter ihm, und ihre Lichter glitzerten wie ein Teppich aus Funkelsteinen.

Bald merkte Jakob, daß er nicht allein war. Ein großer Vogel schwebte durch die Nacht. Zwischen den Flügeln des Vogels saß ein Mädchen, das hielt eine Trompete in der Hand. „Soll ich etwas spielen?" fragte das Mädchen. Jakob war so verwirrt, daß er nichts sagen konnte und nur mit dem Kopf nickte.

Während das Mädchen auf der Trompete blies, wuchs vor ihnen ein Baum in den Himmel. Er wurde immer größer, bis seine Zweige die Sterne berührten. Die Blätter des Baumes wisperten und rauschten. Jakob schien es, als redeten sie mit dem Wind. Auf einmal gab es einen Ruck. Das Bett stieß gegen den Baum und blieb in den Zweigen hängen.

Hilfesuchend schaute sich Jakob um. Tatsächlich, der Vogel war ihm gefolgt. Er kreiste über ihm. Jetzt legte er die Flügel an. Wie ein Falke stieß er in die Tiefe und landete auf dem Bett.

Das Mädchen sprang vom Rücken des Vogels. „Flieg fort", sagte es zu seinem Gefährten. Dann nahm es Jakob bei der Hand. Gemeinsam kletterten sie den Baum hinauf, von Ast zu Ast.

Nach einer Weile wurde die Luft kälter. Es war still ringsum; selbst die Blätter bewegten sich nicht mehr. Jakob hatte das Gefühl, als ob ihn jemand beobachtete. In der Ferne sah er ein Feuer, das unruhig flackerte.

Erschrocken drückte sich Jakob an das Mädchen. „Dort oben ist der Drache. Wir müssen aufpassen", flüsterte es und legte den Finger auf den Mund. Sie kletterten sehr vorsichtig weiter. Das Mädchen prüfte jeden Ast, bevor sie darauf traten. Bestimmt hatte der Drache scharfe Ohren …

Nicht lange und die beiden Kinder entdeckten das Ungeheuer. Sein Schwanz war um den Stamm des Baumes gewickelt. Es schlief mit offenem Maul. Immer wieder ging ein Zittern durch seinen gewaltigen Körper. Dann spuckte der Drache Feuer.

14

Wie gebannt starrte Jakob auf den Schuppenpanzer und das spitze Horn. Plötzlich bewegte sich das Ungeheuer. Es öffnete die Augen, die ganz rot waren. Seine Krallenfüße zuckten. Jakob wollte schreien, aber er konnte nicht. Er hatte Angst und merkte, daß diese Angst immer größer wurde.

Zornig fauchte der Drache. Sein Hals blähte sich. Die Flammen, die aus seinem Maul schlugen, loderten hoch in den Himmel. Am liebsten wäre Jakob davongelaufen. Doch das Mädchen hielt ihn zurück. „Wenn du fliehst, gewinnt der Drache Macht über dich. Er wird dich einholen", sagte es und setzte die Trompete an den Mund.

Ganz langsam, wie im Traum, ging das Mädchen dem Ungeheuer entgegen. Es spielte die Medodie, die Jakob schon einmal gehört hatte. Sie klang, als käme sie von weither, aus der Tiefe des Himmels, wo die Milchstraße geheimnisvoll schimmerte und die schwarze Nacht noch schwärzer war.

So sanft klang diese Melodie, daß der Drache alle Wildheit verlor. Er fauchte und brüllte nicht mehr. Sein Feueratem schnurrte zu einem Flämmchen zusammen. Dann schrumpfte auch der mächtige Körper, bis das Ungeheuer klein war wie eine Eidechse und auf flinken Beinen im Laub des Baumes verschwand.

18

Jakob zitterte noch immer. „Danke", sagte er und umarmte das Mädchen. Sie halfen einander, während sie höherstiegen. Allmählich wurde es hell. Die Nacht zog sich in ihre Höhle zurück, und die ersten Sonnenstrahlen wanderten durch den Baum. Auf den Blättern funkelten die Tautropfen und blitzten wie Diamanten.

Jakob war so von dem Glanz geblendet, daß er die Augen schloß. Als er sie wieder öffnete, sah er die Krone des Baumes. Er vergaß alles um sich herum. Staunend schaute er hinauf: Dort gab es Zweige, die waren mit Eis und Schnee überzogen. Andere standen in der schönsten Blütenpracht, und wieder andere trugen Früchte oder bunte Blätter. Frühling, Sommer, Herbst und Winter – alle Jahreszeiten hatten den Himmelsbaum geschmückt.

Jakob spürte einen kalten Schneewind auf seinem Gesicht. Er roch den Duft der Blüten, und er pflückte eine Frucht, die süß und saftig schmeckte. So glücklich war er noch nie gewesen. Dicke Wolken schaukelten an ihm vorbei. Jakob blinzelte in die Sonne. Er freute sich, daß sie zurückblinzelte. Am meisten aber freute er sich, als das Mädchen die Trompete hervorholte. Ganz still hörte er zu.

Da rührte eine große Hand an den Baum. Sie schüttelte die Äste, zuerst vorsichtig, dann immer kräftiger. Jakob verlor den Halt. Das Mädchen spielte auf der Trompete, während er einen Purzelbaum in die Tiefe machte. „Mein Bett!" rief er. „Wo ist mein Bett?"

„Du bist doch im Bett", sagte eine Stimme, die Jakob bekannt vorkam. Mühsam öffnete er die Augen. Seine Mutter beugte sich über ihn. „Hast du etwas Schönes geträumt?" fragte sie neugierig. Auch der Vater stand am Bett. Seine Stimme klang strenger. „Das Fenster war offen", sagte er. „Der Wind hat alles durcheinandergewirbelt."

„Und was liegt dort?" wollte die Mutter wissen. Sie zeigte auf den Tisch. Jakob wurde ganz wach, als er die Trompete sah: die Trompete des Mädchens!

26

Reproduktionen: Schaufler GmbH Freiburg im Breisgau
Herstellung: Freiburger Graphische Betriebe 1991
ISBN 3-451-21683-3

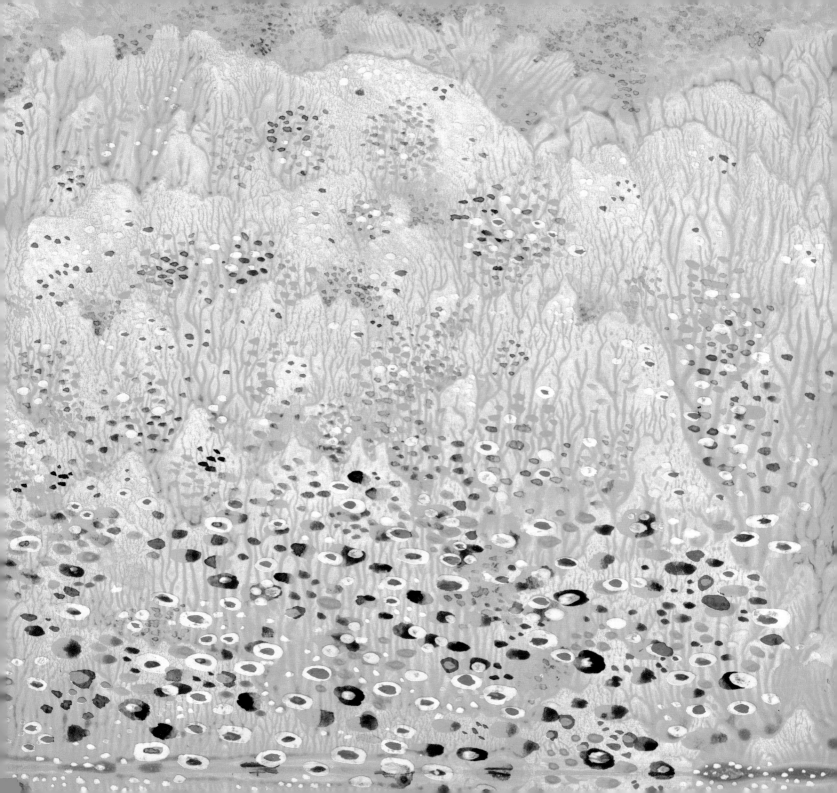